Carl Frederik Wilhelm Ignatius Karup

Die Lebensversicherung auf den Todesfall im Kriege: Grundzüge zur Errichtung einer Versicherungs-Anstalt für Officiere, Militairbeamte, Landwehrmänner und Feldwebel

Antigonos

Carl Frederik Wilhelm Ignatius Karup

Die Lebensversicherung auf den Todesfall im Kriege: Grundzüge zur Errichtung einer Versicherungs-Anstalt für Officiere, Militairbeamte, Landwehrmänner und Feldwebel

Unveränderter Nachdruck der Originalausgabe von 1869.

1. Auflage 2024 | ISBN: 978-3-38616-012-4

Antigonos Verlag ist ein Imprint der Outlook Verlagsgesellschaft mbH.

Verlag: Outlook Verlag GmbH, Zeilweg 44, 60439 Frankfurt, Deutschland, info@outlook-verlag.de
Vertretungsberechtigt: E. Roepke, Zeilweg 44, 60439 Frankfurt, Deutschland
Druck: Libri Plureos GmbH, Friedensallee 273, 22763 Hamburg, Deutschland

DIE LEBENSVERSICHERUNG

AUF DEN TODESFALL IM KRIEGE.

DIE LEBENSVERSICHERUNG

AUF DEN TODESFALL IM KRIEGE.

Grundzüge

zur Errichtung einer Versicherungs-Anstalt für Officiere, Militairbeamte, Landwehrmänner und Feldwebel.

Von

Professor **W. Karup,**

Ober-Beamten der Lebens- und Renten-Versicherungsbank l'Impériale zu Paris, correspondirendem Mitgliede der grossbritanischen Assecuranz Akademie „Institute of Actuaries" zu London, Ehren-Akademiker und mehrerer gelehrten Gesellschaften Mitgliede.

LEIPZIG,

VERLAG VON ALBERT FRITSCH.

1869.

SEINER EXCELLENZ DEM HERRN

GENERAL A. VON ROON,

KÖNIGLICH PREUSSISCHEM STAATS-, KRIEGS- UND MARINE-MINISTER,

ETC. ETC. ETC.

MIT EHRFURCHTSVOLLER HOCHACHTUNG

UNTERTHÄNIGST GEWIDMET

VOM

VERFASSER.

VORWORT.

Die schönste Aufgabe der Natur- und Social-
wissenschaften ist es, die vielen Uebel und Schäden
der Menschheit zu bekämpfen, zu vermindern oder zu
lähmen. Es giebt aber leider Uebel und Schäden, die
sie nie und nimmer beseitigen können, gegenüber
welchen sie ewig rath- und thatlos bleiben werden.
Solche unbesiegbare Uebel und Schäden haben gewöhnlich sowohl eine innere moralische als auch eine
äussere materielle Wirkung auf diejenigen Menschen,
die sie heimsuchen. Seit Jahrtausenden gab es gegen
dieselben nur eine Helferin, die göttliche Religion, die den
Unglücklichen Trost und Linderung spendete. Dieselbe
steht aber nicht mehr allein da: eine jüngere Schwester
ist ihr bescheiden zur Seite getreten, um das rein
materielle Unglück der Menschheit zu heilen oder zu
lindern. Diese jüngere Schwester ist die Assecuranz-
wissenschaft, auf deren ruhiger Stirn das bedeutungs-

volle viribus unitis geschrieben steht. Viel hat sie bereits in wenigen Jahrhunderten geleistet; aber sie hat noch lange nicht die ganze Fülle ihrer segensreichen Wirksamkeit entfaltet. Eine Menge Uebel und Schäden wuchern noch in der menschlichen Gesellschaft, welche gewiss durch ihre Klugheit und Macht beseitigt oder doch gemildert werden könnten.

Der Krieg gehört zu diesen. Die Hinterbliebenen des tapferen gefallenen Kriegers haben häufig nicht allein den Verlust des Gatten oder Vaters, sondern auch den des treuen Versorgers zu beweinen. Die Trauer ist gewiss bitter, aber die dieselbe begleitenden Nahrungssorgen sind noch bitterer.

Ist die Assecuranz wirklich im Stande, diese letzteren zu beseitigen oder zu mildern?

Die verneinende Antwort ist allerdings durch sehr gewichtige Gründe motivirt. Die Kriegsstatistik bietet lange nicht die wünschenswerthen Anhaltpunkte dar; das Risico ist ein ganz ausserordentliches; das Unglück des Krieges ist beinahe unberechenbar; aus der neueren Geschichte hat man Beispiele, dass die den Krieg begleitenden bösen Factoren sogar über 50 Procent Verlust an Menschenleben herbeigeführt haben;

es ist unberechenbar, wie mörderisch die Waffen in der Zukunft sein werden u. s. w.

Wenn ich dennoch auf jene Frage eine bejahende Antwort gebe, so ist es, weil die Kriegsstatistik, so unvollkommen sie auch gegenwärtig erscheint, doch Anhaltpunkte genug darbietet, um das mittlere Maximum des jährlichen Verlustes an Menschenleben im Kriege zu etwa 10 Procent bestimmen zu können. Niemand kann allerdings dafür einstehen, dass nicht ein gewaltiges Kriegsgenie einst den Jahresverlust auf 50 Procent bringen wird, wie das nachweislich mit Napoleon dem Grossen der Fall war. Aber solche Erscheinungen kommen in vielen Jahrhunderten nur einmal vor und können desswegen eben so wenig für die Versicherung auf den Todesfall im Kriege massgebend sein, als das Niederbrennen von Kopenhagen im Jahre 1728 oder von Hamburg 1842 für die Feuerversicherung, eine Naturrevolution wie die noachische Wasserfluth für die See- und Transportversicherung, oder die Sterblichkeit des „schwarzen Todes" für die Lebensversicherung massgebend sein können. Was das Maximum des gewöhnlichen Laufs der Dinge weit übersteigt, gehört seiner Natur nach nicht mit in das Bereich der Assecuranz. Solchen ganz ausserordentlichen Unglücks- und Schadenfällen kann immerhin nur bis zu einem gewissen Grade durch sie entgegengetreten werden. Die statistische Grundlage für die Lebensversicherung auf den Todesfall im Kriege ist allerdings mangelhaft; aber war dieses nicht auch mit der Mortalitätsstatistik der Fall, als die ersten Lebensversicherungsbanken gegründet wurden? Nur die Praxis hat in der Zeit zur Vervollkommnung derselben genöthigt. So wird es auch mit der Kriegsstatistik gehen; die Praxis der Kriegsversicherung wird die gewünschte und nöthige Vervollkommnung jener erst herbeiführen.

Die Lebensversicherung auf den Todesfall im Kriege darf mit der allgemeinen Lebensversicherung nicht identificirt werden. Sie ist fast nach allen Richtungen hin so verschieden von dieser letzteren, dass die Mitglieder einer solchen gewiss mit Recht von ihrer Verwaltung verlangen können, dass sie dieselbe nicht als Nebenbranche oder gar gemeinschaftlich betreibt. Die Kriegsversicherung muss selbständig betrieben werden. Der Verlust dieser Art Versicherung könnte sehr leicht bereits im ersten Jahre ihrer Existenz auf das mittlere Maximum gebracht werden. Eine niedrige Prämie muss demnach nicht allein als bedenklich, sondern als ein sehr gewagtes Experimentiren bezeichnet werden.

Aus dem Angeführten wird · mein Standpunkt zur Frage sowohl als auch den neueren und neuesten Versuchen in dieser Versicherungsbranche gegenüber hervorgehen.

Ich hege die Hoffnung, dass alle Sachverständigen meinen gegenwärtigen Versuch mit demselben Sinne aufnehmen werden, womit ich ihn gegeben: Eifer für das Wohl der Familie und Weiterentwickelung des Versicherungswesens.

Möge denn meine Schrift zu weiteren und reiferen Erwägungen anregen, damit man auch in der vorliegenden „brennenden Zeitfrage" recht bald vom Wort zur That gelange.

Dresden, den 20. Mai 1869.

DER VERFASSER.

ERSTES CAPITEL.

UEBER DIE VERSICHERUNG VON MILITAIRPERSONEN UND DIE
STERBLICHKEIT IM KRIEGE IM ALLGEMEINEN.

Seit dem Kriege im Jahre 1866 ist in der deutschen
Presse mehrmals die Frage der Lebensversicherung auf den
Todesfall im Kriege berührt worden, und in der jüngsten
Zeit sollen sogar Schritte gemacht sein, um diese Versicherungsart selbständig ins Leben zu rufen. Lässt sich
hieraus entnehmen, dass ein derartiges Bedürfniss wirklich
vorhanden ist, so scheint es an der Zeit, diese Frage ein-
gehend und nach allen Richtungen hin kritisch zu erörtern,
um so viel mehr, da Alles, was meines Wissens bis jetzt
über dieses Thema geschrieben, nur ephemerische Andeu-
tungen, unklare Entwickelungen oder ungerechte Ausfälle
gegen die bestehenden Lebensversicherungsbanken enthält.

Die vielen mehr oder weniger hazardirten und schwindle-
rischen Versicherungsunternehmungen auf Menschenleben,
welche Vorläufer der rationellen Kapitalversicherung auf den
Todesfall waren und grösstentheils ein trauriges Ende nahmen,
hatten die Gründer der ältesten Anstalten letzterer Art zu
der grössten Vorsicht veranlasst. Die Prämiensätze wurden
nicht allein hoch normirt, sondern für Mitglieder solcher
Gewerbe, die mit Gefahr verbunden oder nachtheilig **auf**

Gesundheit und Lebensdauer einwirken, bis aufs Dreifache erhöht. Erst durch die seit Mitte des achtzehnten Jahrhunderts verbesserte Sterblichkeitsstatistik und die in der „Equitable Society" am Ende desselben Jahrhunderts gemachten Erfahrungen wurden die Prämiensätze ermässigt. Die zahlreichen Gesellschaften, welche im ersten Drittel des neunzehnten Jahrhunderts in England entstanden und mit einander concurrirten, bewirkten nicht allein eine weitere Mässigung der Prämiensätze, sondern zugleich die Annahme von solchen Personen, deren Aufenthaltsort oder Beschäftigung ein erhöhtes Risico herbeiführten. Besonders waren es die Actiengesellschaften, die des Gewinnes halber ein grosses Geschäft machen wollten, welche alle mögliche Gefahr gegen entsprechende höhere Prämien übernahmen, und somit auch die Lebensversicherung auf den Todesfall im Kriege etablirten.

Die Gründer der ersten deutschen Lebensversicherungsbank zu Gotha wollten nur die Kapitalversicherung auf den Todesfall in Deutschland einheimisch machen. Als reine Gegenseitigkeitsanstalt sollte bei ihr keine Speculation zulässig sein und nur auf die solideste und sicherste Art operirt werden; dem zufolge wurden alle auf ganz besondere Lebensverhältnisse berechnete Combinationen sowohl als auch die Versicherungen gegen ausserordentliche Gefahr vor der Hand ausgeschlossen. Die hierauf bezügliche statutarische Bestimmung heisst: „Versichert werden alle Personen beiderlei Geschlechts vom 15.—60. Lebensjahre inclusive, welche im Bereiche deutscher Staaten (ganz Preussen und die deutsche Schweiz inbegriffen) leben, unbescholten und gesund sind, auch durch Beruf, Beschäftigung und Lebensweise nicht besondere Gefahr für Beschädigung ihrer Gesundheit oder Verkürzung des Lebens laufen". Demnach waren alle in wirklichen See- oder Kriegsdiensten be-

findlichen Militairs und Beamten ausgeschlossen. Die Noth-
wendigkeit dieser Bestimmung wurde im Allgemeinen anerkannt. Um aber dem Bedürfniss des Militair-
standes abzuhelfen, wurde beschlossen, eine selbständige
Nebenabtheilung mit getrennten Fonds für die höheren
Militairpersonen zu gründen. Dieser Beschluss gelangte jedoch
nicht zur Ausführung; man beschränkte sich darauf, Militairpersonen zu der gewöhnlichen Prämie anzunehmen, doch
unter der Bedingung, dass bei wirklicher Kriegsthätig-
keit die Versicherung solcher Mitglieder, nach freier Wahl
derselben, entweder für die Dauer des Kriegsdienstes suspendirt oder gänzlich aufgehoben würde. Die Abgangsent-
schädigung für diesen letzteren Fall wurde später dahin bestimmt, dass sowohl die volle Prämienreserve als auch die
etwa rückständige Dividende dem Betreffenden ausgezahlt
werden sollte.

Mit der weiteren Entwickelung des deutschen Lebens-
versicherungs-Geschäfts und der besonders durch die Actiengesellschaften hervorgerufenen Concurrenz wurde die Lebensversicherung gegen Kriegsgefahr in mehr oder weniger bedingter Form von den neueren Banken eingeführt, indem
man dem Usus englischer Gesellschaften folgte. Es kamen
dabei folgende 7 Modalitäten auf:

1. Unbedingte Versicherung auf den Todesfall
im Kriege zu festen Prämien während des Kriegs.
Die Jahresprämien für die Combattanten waren resp. 5—10 %,
die für Nichtcombattanten resp. 3—5 % der Versicherungssumme.

2. Unbedingte zu festen Prämien für die ganze
Zeit des Militairdienstes. Jahresprämien für Combattanten 1,5 %, für Nichtcombattanten 1 % der Versicherungssumme.

3. Unbedingte zu festen Prämien während des Kriegs, aber mit bedingter Höhe der Versicherungssumme. Starb der Versicherte sofort auf dem Schlachtfelde, wurde die ganze Versicherungssumme ausgezahlt, nach 14 Tagen die Hälfte, und, im Falle der Invalidität, ein Viertel.

4. Unbedingte gratis (!). Nur eine einzige jüngere Gesellschaft führte diese mehr als liberale Modalität ein. Demnach blieben alle ihre Versicherten, wenn sie in Erfüllung der allgemeinen Wehrpflicht als Soldaten in den Krieg gingen und mindestens 5 Jahre in der Anstalt versichert waren, gratis gegen den Tod im Kriege versichert.

5. Unbedingt zu festen Prämien mit Nachschussverpflichtung. Prämie jährlich: 2—5% der Versicherungssumme.

6. Bedingte, sowohl mit Rücksicht auf die Annahme, als auch auf die Höhe der Prämien.

7. Unbedingte annehmbare, mit bedingter Prämie und Rückvergütung.

Nicht alle englischen Lebensversicherungsbanken nahmen die Versicherung auf den Todesfall im Kriege auf, obschon die Verhältnisse in England in dieser Hinsicht den Banken viel günstiger waren, als auf dem Continent. Denn erstens sind die Prämientarife für Lebensversicherung durchgängig höher in England, als in Deutschland, und zweitens waren die Kriege der Engländer vorwiegend gegen uncivilisirte und schlechtbewaffnete Gegner gerichtet, in welchen der Verlust unbedeutend ausfiel. Trotz der vielen in Deutschland eingeführten Modi blieb die Betheiligung hier unbedeutend, weil der Vermögensstand der Combattanten in den meisten Fällen es nicht erlaubte, die hohe Kriegsprämie zu zahlen. Während die englischen Banken durch den Krimkrieg zu bedeutenden Auszahlungen genöthigt wurden, hatten die deutschen Banken durch den grossen Krieg im Jahre 1866 nur höchst geringfügige Verluste. Wenn die Betheiligung hier eine allgemeine gewesen wäre, dann würde das Resultat für die Gesellschaften sehr fühlbar ausgefallen sein. Aus dem eben angeführten Grunde haben die deutschen Lebensversicherungsbanken keine nennenswerthen Erfahrungsresultate, wonach das Risico für die Zukunft abgeschätzt werden könnte. Der von der verehrlichen Redaction der „Rundschau" im Jahre 1867 an die Gesellschaften gerichteten Aufforderung, solche Daten aus den Erfahrungen der letzten Kriegsperiode einzusenden, wurde nicht nachgekommen, und zwar aus dem einfachen Grunde, weil die Gesellschaften nur sehr vereinzelte Fälle zu registriren Gelegenheit gehabt hatten.

Die Lebensversicherung auf den Todesfall im Kriege ist, streng genommen, keine Versicherung in dem gewöhnlichen Sinne dieses Wortes. Was Oberbürgermeister Koerner in seiner Denkschrift zur Begründung einer Kriegsschäden-versicherungs-Anstalt für Deutschland sagt: „schon ein flüchtiger Blick auf die Bedeutung von Kriegsschäden muss die Versicherung gegen dieselben als etwas Ungewöhnliches, wenn nicht Absonderliches, erscheinen lassen, da es sich eben bei den Kriegsschäden, nicht wie bei andern, um die natürlichen oder auch zufälligen, schädlichen Ereignisse, die den Menschen bedrohen, sondern um absichtliche Thaten der Menschen selbst handelt, die in Massen und in höchster Potenz sich schädigen wollen," — findet gerade auf sie seine volle Anwendung. Das gesammte Object aller Versicherungsbranchen, ob ein mögliches oder ein sicher eintretendes Ereigniss, ist dem Naturgesetze oder dem Gesetze der grossen Zahlen unterworfen, wodurch eine Schätzung des Risicos möglich wird. Der Tod im Kriege ist aber in erster Linie ein Product des menschlichen Willens, und das ist gerade das specifisch Charakteristische dieses Factors, dass er nicht allein, unabhängig von allem Gesetze, sich frei bestimmen, sondern gar zu einem gewissen Grade das Gesetz aufheben oder paralysiren kann*). Dem Naturgesetze nach erfolgt der Tod einer gewissen grösseren Zahl Menschen ziemlich regelmässig, nach einer annähernd bestimmbaren Absterbeordnung; — dem Willen eines Kriegsherrn nach sterben binnen wenigen Stunden 50 Proc. von einer Menge Männer von 20—30 Jahren! Die Kriegsgeschichte bietet Fälle genug dar, wo ein ganzes Regiment bis auf wenige Mann zu Grunde gerichtet wurde.

So wenig auch die Richtigkeit des Gesagten geleugnet werden kann, so soll doch hier eingeräumt werden, dass es nicht allein wünschenswerth, sondern vielmehr gerecht erscheint, dass denjenigen verheiratheten Männern, welche das

---

*) So hoch wie ich sonst die wissenschaftlichen Werke eines Quetelet schätze, so flach finde ich seine Ansicht von dem menschlichen freien Willen und seiner Wirkung, welche ausschliesslich durch physische und materielle Ursachen bestimmt werden sollen. Da die statistischen Resultate oder Ermittelungen aus den socialen und moralischen Zuständen während einer Reihe von Jahren ziemlich constante Grössen bilden, so zieht er daraus den falschen Schluss, dass der Mensch ausschliesslich durch physische Ursachen bestimmt werde. Welche ausschliesslich physische Ursache hat denn Quetelet zum berühmten Statistiker, den Grafen v. Bismarck zum Gründer des Norddeutschen Bundes, Napoleon den Grossen zum Weltbeherrscher bestimmt? Der eiserne Wille des freien Mannes, und die Wirkung dieses freien Willens beurkundet sich auf jeder Seite der Weltgeschichte. Die Uebereinstimmung der jährlichen Zahlen gewisser menschlicher Handlungen beweist nur, dass unter gleichen Verhältnissen die Menschen ähnlich begehren, urtheilen, fühlen und handeln, nicht aber, dass sie unfrei begehren, urtheilen, fühlen und handeln. Wer das Letztere aus dem Ersteren ohne weiteres schliesst, der macht einen logischen Salto mortale.

Vaterland vertheidigen, die Möglichkeit geboten wird, durch mässige, im rechten Verhältniss zu ihrer Einnahme stehende Beiträge ihren Angehörigen eine Erbschaft zu sichern.

Um die Höhe dieser Beiträge zu bestimmen, muss zuerst die Sterbenswahrscheinlichkeit für Combattanten ermittelt werden. Denn die Sterbenswahrscheinlichkeit ist die erste Bedingung, um irgendwelche Versicherung auf Menschenleben zu begründen.

Ueber die natürliche Sterbenswahrscheinlichkeit des Menschen liegen eine Menge aus Beobachtungsmaterial geschlossener Gesellschaften berechnete Tafeln vor.

Ueber die Sterbenswahrscheinlichkeit des Kriegs liegen nicht allein keine Berechnungen vor, sondern das Material, worauf die Berechnung sich stützen soll, ist theils sehr knapp vorhanden, theils allzu mangelhaft, um die nöthigen Anhaltpunkte abzugeben.

Orientiren wir uns zuerst über Dasjenige, was Sterblichkeit im Kriege heisst. Die meisten Menschen verstehen darunter die Zahl der Todten auf dem Schlachtfelde. Solche Zahlen sind genug vorhanden, jede Staatsgeschichte enthält eine Menge davon. Abgesehen von den grossen Fehlern dieser Zahlen, indem eine missverstandene Nationaleitelkeit die Grösse des eigenen Verlusts absichtlich verringert und denjenigen des Gegners erhöht, — bis auf die neueste Zeit schämte man sich nicht, der Oeffentlichkeit solche widrige Fälschungen vorzulegen, — und ferner abgesehen von den Fehlern in der Angabe der Zahl der Lebenden (der Combattanten), aus welchen die Todten hervorgegangen sind, Fehler, die fast jeder Krieg darbietet, — so ist allemal die Todtenzahl des Schlachtfeldes nur eine geringe Zahl der durch den Krieg hinweggerafften Combattanten.

2*

Der Keim des Todes oder die Disposition zu irgend einer Todeskrankheit ist in jedem menschlichen Organismus schlafend vorhanden. Je mehr innere (psychische) und äussere (physische) Ruhe und Gleichgewicht in den Lebensfunctionen, je weniger wird jener Keim oder jene Disposition zur Thätigkeit geweckt. Daher ist jeder Uebergang von einer Lebensart resp. Beschäftigung zu einer andern um so viel mehr die Sterblichkeit erhöhend, als er plötzlich und schroff eintritt. In dem älteren Beamtenstand tritt z. B. eine erhöhte Sterblichkeit ein, kurz nachdem die Beamten entledigt oder in den Ruhestand versetzt sind; bei den Soldaten tritt eine solche Krisis kurz nach der Aushebung ein. Ja, nicht wenige von Denjenigen, welche bei der Aushebung von den Aerzten als vollständig gesund erkannt wurden, müssen als untauglich, ja sogar als Todescandidaten in den ersten Wochen der Rekrutenzeit fortgeschickt werden. Die Mobilmachung einer Armee ist gleichfalls ein solcher kritischer Uebergang, und dies um so mehr, je schneller sie bewerkstelligt werden muss und mit je grösserer innerer Aufregung sie verbunden ist. Hier tritt uns bereits das erste Moment der erhöhten Sterblichkeit der Combattanten entgegen. Nun erfolgen die anstrengenden Märsche nach dem Kriegsschauplatze; Tage lang werden die Respirationsorgane durch die mit Staub dick erfüllte Atmosphäre stark beeinträchtigt; durch Sonnenhitze, Ueberanstrengung, Trinken vom Brunnenwasser in dem aufgeregten und erhitzten Zustande werden Viele krank und Andere sterben auf der Stelle; hier ist das zweite Moment der erhöhten Sterblichkeit. Bevor die Armee vor dem Feinde steht, sind viele Hunderte todt und viele Tausende erkrankt. Wer dieses bezweifelt, der muss nicht die Zahl der Erkrankungs- und Todesfälle einer sonst gut verpflegten Armee während der gemüthlichen Friedenszeit kennen. Nach der „Deutschen Wehrzeitung" hatte die preussische Armee mit einem durchschnittlichen Bestande von 150,683 Mann in den 10 Friedensjahren 1829—38 pro Jahr 196,528 Erkrankungs- und $2104,_3$ Todesfälle; nach Kolb kamen in der preussischen Armee während des Friedensjahres 1861 nicht weniger als 237,750 Erkrankungsfälle vor, von denen 125,866 Fälle in den Lazarethen behandelt werden mussten. — Das Bivouakiren, besonders in anhaltenden feuchtem Wetter oder in der Winterkälte, wirft Tausende auf das Krankenlager, wo sehr Viele sterben, bei Anderen wird der todeskrankheitliche Keim zur Thätigkeit geweckt und das langsame Hinsiechen nimmt seinen Anfang. Dieses ist das dritte Moment der erhöhten Sterblichkeit. Die vielen nachtheiligen Einwirkungen des Feldlebens befördern besonders die constitutionellen Krankheiten. Cholera, Typhus und dergleichen Infectionskrankheiten sind gewöhnliche Begleiter des Krieges, somit ist hier das vierte Moment der erhöhten Sterblichkeit, und dieses ist sehr gewichtig, da die Erfahrung überall die Richtigkeit des bekannten Satzes: im Kriege sterben weit mehr von Krankheiten, als auf dem Schlachtfelde, — bestätigt hat. Die Einnahme von Festungen und Schanzen, so wie etwa eintretende Eilmärsche oder Rückzüge mit schwierigen Uebergängen, kosten Tausenden das Leben; hier ist das fünfte Moment der erhöhten Sterblichkeit. Endlich gelangen wir an das Kämpfen auf dem Schlachtfelde als das sechste Moment der erhöhten Sterblichkeit im Kriege. Die Zahl der Todten des Schlachtfeldes repräsentirt lange nicht die ganze, durch die Schlacht hervorgerufene Sterblichkeit. — Die beträchtliche Zahl der „Vermissten" gehört, von unserem Standpunkte aus betrachtet, auch noch dazu; ferner eine grosse Zahl der Schwerverwundeten, welche nach kurzer oder längerer Zeit hinscheiden. Aber wir sind noch nicht am Ende der durch den Krieg verursachten Sterblichkeit. Eine grosse Menge Theilnehmer eines Krieges kommt leichtverwundet oder kränkelnd zurück; nach dem Friedensschluss werden sie zum grösseren Theile entlassen. Von nun an sind sie Civilisten. Der Feldzug hat bei Vielen den Todeskeim zur Thätigkeit geweckt, und wenn sie auch als Civilpersonen, die der Militärverwaltung nichts angehen, sterben, so ist doch die Sterblichkeit unter ihnen als das siebente und letzte Moment der durch den Krieg erfolgten höheren Sterblichkeit zu betrachten.

In dem folgenden Capitel soll nun untersucht werden, in wiefern das vorhandene statistische Material zur Ermittelung der Sterblichkeit im Kriege genügt, und ob eine Schätzung dieses ausserordentlichen Risico überhaupt möglich ist.

ZWEITES CAPITEL.

DIE STERBENSWAHRSCHEINLICHKEIT IM KRIEGE.

Lebensversicherung ohne Mortalitätstabelle ist entweder Ungereimtheit oder Humbug oder beides zugleich. Um eine solche brauchbare, d. h. annähernd der factisch eintretenden Sterblichkeit entsprechende Tabelle zu construiren, braucht man eine Menge Beobachtungen, welche genau angeben: erstens die Zahl der von einer grösseren Menge Individuen in jedem Alter sich befindenden Lebenden; zweitens die Zahl Derer, welche im Laufe des nächsten Jahres von den Lebenden gestorben sind; drittens die Zahl Derer, welche im Laufe des Jahres von den Lebenden sonst ausgeschieden sind.

Um eine Mortalitätstabelle für die Lebensversicherung auf den Todesfall im Kriege construiren zu können, haben wir demnach folgende statistische Nachweise aus einer Reihe Kriege nöthig, nämlich:

1. Die Gesammtzahl der Combattanten bei dem Anfange der Mobilisirung, und zwar nach Altersklassen.

2. Die Gesammtzahl der durch den Krieg Gestorbenen, nach Altersklassen, und zwar während des 1., 2., 3 ... Jahres.

3. Die Gesammtzahl der wegen Desertion, Untauglichkeit,

Urlaub u. s. w. von der Zahl der Combattanten Ausgeschieden en, nach Altersklassen und während des 1., 2.,
3. . . . Jahres.

Da die Sterblichkeit im Kriege unter Officieren, respective Militairbeamten und Soldaten erfahrungsmässig verschieden ist, so müsste man die obenerwähnten statistischen
Nachweise für jede Klasse besonders haben, um für jede
eine Sterblichkeitstabelle construiren zu können.

Solche statistische Daten sind leider nicht vorhanden.
In allen denjenigen, welche uns vorliegen, sind die Altersklassen unberücksichtigt. Die Gesammtzahl der Combattanten ist meistens in runden Ziffern angegeben und häufig
nur ungefähr. Die Zahl der Ausgeschiedenen ist gar nicht
angegeben. Die Zahl der Todten ist entweder unzuverlässig
oder bezieht sich nur auf die sofort oder kurz nach dem
Kriege an ihren Wunden Gestorbenen. Von einer weiteren
Beobachtung der unmittelbar oder mittelbar durch den
Krieg später erfolgten Sterblichkeit ist keine Spur vorhanden;
nur in einzelnen Berichten ist man der unmittelbaren theil-
weise ein paar Jahre gefolgt, während man aber alle diejenigen Verwundeten und Kranken, welche von Angehörigen in
Pflege genommen, ausser Acht liess. Aus solchen mangel-
haften Daten eine brauchbare Mortalitätstabelle herzustellen
würde tausend Mal schwieriger und ungenügender sein, als
mit Halley aus den Breslauer Todtenlisten eine brauchbare
zu berechnen, ja es würde in der That ein Kunststück wie
ex ungue leonem sein.

Man ist im Allgemeinen sehr geneigt, die Grösse der
Sterblichkeit im Kriege zu unterschätzen. Gerade so wie die
Mediciner vor dem Jahre 1866 die Intensität der Cholera
unterschätzten, weil diese Epidemie bei den späteren Erscheinungen ziemlich mild aufgetreten war, so geht es auch

mit dem grossen Publicum, wenn von einem künftigen Kriege die Rede ist. Nach den Vorgängen in Schleswig-Holstein 1864 und besonders in Böhmen 1866 schliesst man mit Sicherheit, dass ein künftiger Krieg von sehr kurzer Dauer, und dass der Ausfall ein sehr günstiger sein wird. Die enorme Intensität der Cholera in Europa 1865—67 zeigte den Aerzten, dass ihr Prognosticum ein irriges war; und wer bürgt uns dafür, dass das alte Europa künftighin keine verheerenden, Jahre lang dauernden Kriege haben wird? Haben denn die gescheidten Nordamerikaner mit Armstrong-schen Kanonen und ihren Monitors und Merimacs nicht in unserem jetzigen Decennium vier Jahre lang einen energi-schen Krieg geführt? Wo die Existenz grosser Nationen auf dem Spiel steht, wo die Alliancen sich rechts und links an-schliessen, da wird man sich nicht durch das Resultat einer einzigen Schlacht sofort bestimmen lassen, den Frieden zu schliessen: man wird sich leider auch künftig hin unter verwickelten Verhältnissen Jahre lang schlagen. Es ist eine. traurige Wahrheit: ohne die alten grossen Uebel kann die Menschheit nicht gedeihen.

Die ungeheure Grösse der Verluste an Menschenleben in den von den Europäern geführten Kriegen seit ungefähr einem Jahrhundert geht aus folgender Zusammenstellung nach Hausner hervor.

Kriege.	Total-Verlust.
Siebenjähriger (1756—63)	642,000 Mann
Napoleonische (1792—1815)	5,530,000 „
Griechischer Befreiungskrieg (1821—29)	140,000 „
Russisch-türkischer (1828—29) ·	193,000 „
Kaukasuskriege (1829—60)	330,000 „
Französische in Algier (1830—59)	146,000 „

Latus 6,981,000 Mann

Transport 6,981,000 Mann

Spanischer Bürgerkrieg (1833—40)	172,000	„
Ungarischer Revolutionskrieg (1849)	142,000	„
Krimkrieg (1853—56)	511,000	„
Indobrittischer (1857—59)	196,000	„
Italienischer (1859—60)	130,000	„

Totalverlust während 104 Jahren 8,132,000 Mann,

mithin jährlich 78,192 „

Die wirkliche Zahl ist jedoch weit höher; denn erstens sind mehrere Kriege, z. B. der englische gegen Nord-Amerika 1812, die polnischen Revolutionskriege, der schleswig-holsteinische Krieg 1848—50, Oesterreich gegen Italien 1848—49 u. s. w. nicht aufgeführt, zweitens die Sterblichkeit lange nicht in der von mir, am Schlusse des ersten Capitels angegebenen Vollständigkeit berechnet oder geschätzt. Hausners Schätzung des Gesammtverlusts an Menschenleben in den von Europäern geführten Kriegen 1815—64 mit 2,762,000 Mann oder jährlich 56,367 bleibt gleichfalls weit hinter der wirklichen Zahl zurück.

Die Grösse der eigentlichen Schlachtensterblichkeit, wie bereits früher bemerkt, nur gering im Verhältniss zu der gesammten Sterblichkeit im Kriege, geht aus folgender Zusammenstellung hervor. Die Zahl der Verwundeten stelle ich neben bei.

Schlacht.	Armee.	Todte.	Verwundete.
Soor (1745)	Preussen	1500	3000
Kesselsdorf (1745)	Preussen	1604	3158
Leuthen (1757)	Oesterreicher	3000	6000
Aspern-Esslingen	Oesterreicher	4287	16213
(1809)	Franzosen	8000	24000
Borodino (1812)	Franzosen	12000	38000
Gross-Görschen (1813)	Franzosen	6000	11000

Bautzen (1813)	Franzosen	5000	14000
Leipzig (1813)	Franzosen	20000	30000
Düppeler Schanzen	Preussen	229	620
(1864)	Dänen	501	2000
Königgrätz	Preussen	1830*	6958
(1866)	Oesterreicher	4377*	12485

Im Verhältniss zu der Zahl der Combattanten betrug die eigentliche Schlachtensterblichkeit in Procenten:

Schlacht.	Armee.	Zahl der Combattanten.	Todte.	Sterblichkeit in Procenten.
Soor	Preussen	18000	1500	8,33
Leuthen	Oesterreicher	90000	3000	3,33
Aspern-	Oesterreicher	80000	4287	5,36
Esslingen	Franzosen	70000	8000	11,43
Borodino	Franzosen	133000	12000	9,02
„	Russen	132000	15000	11,36
Gross-Görschen	Franzosen	90000	6000	6,67
Leipzig	Franzosen	170000	20000	11,76
Düppl. Schanz.	Preussen	16000	229	1,43
Königgrätz	Preussen	220000	1830*)	0,83
„	Oesterreicher	180000	4377*)	2,43
Mittel			6929,36	6,36

Die Sterblichkeit des Kriegs im engeren Sinne des Wortes soll jetzt statistisch nachgewiesen werden, soweit annäherend zuverlässige Daten vorliegen.

1. Der Krimkrieg. Nach Hausner war das Resultat dieses Krieges:

Armee.	Todte.	
Russen	256000	Mann
Franzosen	107000	„
Türken	98000	„
Latus	461000	Mann

*) Exclusive Officiere.

Transport 461000 Mann

Engländer	45000	„
Italiener	2600	„
Griechen	2500	„

Im Ganzen 511100 Todte.

Davon erlagen 176,000 durch Waffen oder an Wunden, und 335,100 an Krankheiten.

Was besonders die französische Armee betrifft, hat der Oberstabsarzt Chenu die folgenden zuverlässigen Daten gegeben.

Die Armee hatte eine Gesammtstärke von 309,263 Mann. Davon starben:

10240	Mann	sofort auf dem Schlachtfelde,
720	„	durch Ertrinken,
8004	„	an Krankheiten,
4404	„	plötzlich, durch Erfrieren etc.
72247	„	an ihren Wunden.

95615 Mann Todte oder $30{,}_{92}$ Procent.

2. **Amerikanischer Bürgerkrieg.** Nach Kolb hatte die Unionsarmee in den Jahren 1861—63 nur $5{,}_{32}$ Procent Todte von den Combattanten pro Jahr.

3. **Italienischer Krieg 1859—1860.** Das Resultat war nach Hausner:

Armee.	Todte.	
Oesterreicher	59664	Mann
Franzosen	30220	„
Italiener	23610	„
Neapolitaner	14010	„
Päpstliche	2370	„

129874 Todte.

Davon erlagen 96874 im Kampfe,
und 33000 durch Krankheiten.

Die französische Armee zählte 180,000 Mann, die Sterblichkeit betrug mithin $16_{,79}$ Procent. Nach der officiellen Angabe war dagegen die Gesammtzahl der Todten nur 10,205 Mann oder $5_{,79}$ Procent, eine Angabe, welche gewiss der Wahrheit näher kommt.

4. **Schleswig-Holsteinischer Krieg 1864.** Nach Pflug zählte die preussische Armee 39,200 Mann. Der Gesammtverlust war an

Todten   405 Mann
Vermissten   54   „   459 Mann = $1_{,17}$ Procent.
Verwundeten 1628   „

5. **Die Preussen im deutschen Kriege 1866.** Nach Engel zählte die gesammte preussische Kriegsmacht 363,109 Mann. Nach dem Bericht des grossen Generalstabs*) betrug der Gesammtverlust an Todten:

durch Waffen   4450 Mann
   „   Krankheiten   6427   „
         Total 10877 Mann oder $2_{,996}$ Procent.
Vermisste etwa 785   „
       Im Ganzen 11662 Mann oder $3_{,21}$ Procent.
Verwundete 16177   „

6. **Die Sachsen in Böhmen 1866.** Die Armee zählte 24,000 Mann. Der Gesammtverlust war nach Webers Kriegschronik an

Todten   264 Mann
Vermissten 636   „   900 Mann oder $3_{,75}$ Procent.
Verwundeten 1273   „

---

*) Der Feldzug von 1866 in Deutschland. Redigirt von der Kriegsgeschichtlichen Abtheilung des grossen Generalstabs. Berlin 1868. Die Gesammtstärke der preussischen Kriegsmacht war nach dieser Quelle nur 326,600 Mann.

7. **Die Bayern im deutschen Kriege 1866.** Nach dem Bericht des General-Quartiermeisterstabs*) hatte man, bei einer Gesammtstärke von 38,000 Combattanten, folgende Verluste:

$$\left.\begin{array}{l}\text{Todte } 339 \text{ Mann} \\ \text{Vermisste } 1604 \quad \text{„} \\ \text{Verwundete } 2114 \quad \text{„}\end{array}\right\} 1943 \text{ Mann} = 5{,}11 \text{ Procent.}$$

8. **Die Hannoveraner im deutschen Kriege 1866.** Die Armee zählte 18,400 Mann. Davon war der Verlust an:

$$\text{Todten } 378 \text{ Mann oder } 2{,}05 \text{ Procent.}$$
$$\text{Verwundeten } 1051 \quad \text{„}$$

9. **Oesterreichischer Krieg in Deutschland-Italien 1866.** Die Gesammtstärke der Nord- und Südarmee kann auf 330,000 Mann geschätzt werden. Der Gesammtverlust betrug an:

$$\left.\begin{array}{l}\text{Todten } 9671 \text{ Mann} \\ \text{Vermissten } 37500 \quad \text{„} \\ \text{Verwundeten } 24096 \quad \text{„}\end{array}\right\} 47{,}171 \text{ Mann} = 14{,}29 \text{ Procent.}$$

Ueber die Differenz der Sterblichkeit im Kriege zwischen Officieren und Soldaten können folgende Nachweise geliefert werden.

1. **Englischer Krieg in Spanien gegen Napoleon.** Nach Marschall hatte die englische Armee jährlich an Todesfällen:

	durch Waffen.	durch Krankheiten.
Officiere	6,6 Procent.	3,7 Procent.
Soldaten	4,2 „	11,9 „

2. **Nordamerikanischer Bürgerkrieg.** Nach Elliot differirte die Sterblichkeit zwischen Officieren und Soldaten, wie folgt. Es starben jährlich

---

*) Antheil der königl. Bayerischen Armee im Kriege des Jahres 1866. Bearbeitet vom General-Quartiermeisterstabe. München 1868.

durch Waffen.   durch Krankheiten.

Officiere $1_{,15}$ Procent $2_{,20}$ Procent,

Soldaten $0_{,85}$ „ $4_{,60}$ „

3. Bei der Erstürmung der Düppeler Schanzen hatten die Preussen einen Gesammtverlust an:

Todesfälle.

Officieren $3_{,26}$ Procent,

Soldaten $1_{,86}$ „

4. In dem Kriege in Deutschland 1866 hatte Preussen nach Engel eine Gesammtstärke von 7091 Officiere und 356,018 Mann. Der Gesammtverlust (Todte und Vermisste) war: 300 Officiere und 11,362 Mann, mithin:

Todesfälle.

Officiere $4_{,23}$ Procent,

Soldaten $3_{,10}$ „

5. In der Schlacht bei Königgrätz verlor Preussen 99 Officiere und 1830 Mann. Das Verhältniss war (Officiere zu 4700, Mannschaften zu 215,000 geschätzt):

Todesfälle.

Officiere $2_{,11}$ Procent,

Soldaten $0_{,85}$ „

Ueber die Differenz der Sterblichkeit im Kriege zwischen Combattanten und Nichtcombattanten (Aerzten, Feldpredigern, Militairbeamten u. s. w.) liegen keine hier verwendbaren Daten vor.

Statistisch ist noch übrig, Etwas über die Extreme der Sterblichkeit im Kriege zu bemerken. Wenn eine Armee die entschiedenste Ueberlegenheit über den Feind hat, es sei nun an Truppenzahl, Waffen oder in der Taktik, so wird ihr Verlust allemal sehr gering ausfallen. Dagegen wird dieser enorm sein, wo Epidemien, Mangel an Kleid und Nahrungsmitteln, übergrosse Kälte oder Hitze, gefährliche Uebergänge und alle die übrigen bösen Factoren des Kriegsleidens neben dem Feuer des ebenbürtigen Feindes wirken.

Ein Beispiel der ersteren Categorie haben wir in dem Kriege der alliirten Franzosen und Engländer gegen die Chinesen 1860. In der entscheidenden Schlacht bei Tschankiawan kämpften siegreich 6,200 Mann Alliirte gegen 20,000 Mann Chinesen. Die ersteren hatten im Ganzen einen Verlust von 15 Todten, also nur 0,24 Procent.

Ein Beispiel der letzteren Categorie haben wir dagegen in dem Napoleonischen Feldzuge in Russland 1812. Von seiner Armee, welche 533,000 Mann zählte, wurden binnen 6 Monaten etwa 300,000 ein Opfer des Todes, 48,000 Invaliden, 100,000 gefangen genommen, — nur 85,000 Combattanten kamen über die russische Grenze zurück. In diesem furchtbaren Kriege betrug die Sterblichkeit etwa 5 6 Procent!

Solche sind also unsere Beobachtungsresultate über die Sterblichkeit im Kriege. In der That eine eben so mangelhafte als traurige Grundlage für eine Lebensversicherungs-Anstalt, ob gegenseitig, oder auf Actien, oder gemischt, — bleibt sich gleich.

Selbst wenn wir jene Extreme ausser Acht lassen, werden die Sterbenswahrscheinlichkeiten, worauf unsere Prämienberechnung sich stützen muss, doch eben so sehr durch ihre Höhe als durch ihre Differenzen abschrecken.

Für alle Alter und bei dem einjährigen Kriegsdienst (die nicht ein volles Jahr dauernden Kriege als einjährig betrachtet) berechnen sich die aus obigen Er-

fahrungsresultaten hervorgegangenen Sterbenswahrscheinlichkeiten nach der bekannten Formel:

$$w_a = \frac{\tau_a}{\lambda_a}$$

Engländer in Spanien (Soldaten)	0,161
Oesterreicher in Deutschland-Italien 1866	0,1429
Franzosen auf Krim (allgemein)	0,103
Engländer in Spanien (Officiere)	0,103
Mittlere der Schlachten	0,0636
Franzosen in Italien 1859 (allgemein)	0,0567
Nordamerikanischer Bürgerkrieg (Soldaten)	0,0545
Bayern im deutschen Krieg 1866 (allgemein)	0,0511
Preussen im deutschen Krieg 1866 (Officiere)	0,0423
Sachsen in Böhmen 1866 (allgemein)	0,0375
Nordamerikanischer Bürgerkrieg (Officiere)	0,0335
Preussen, Düppeler Schanzen (Officiere)	0,0326
Preussen im deutschen Krieg 1866 (allgemein)	0,0321
Preussen im deutschen Krieg 1866 (Soldaten)	0,0319
Preussen, Königgrätz (Officiere)	0,0211
Hannoveraner im deutschen Krieg 1866 (allgemein)	0,0205
Preussen, Düppeler Schanzen (Soldaten)	0,0136
Preussen in Schleswig-Holstein 1864 (allgemein)	0,0117
Preussen, Königgrätz (Soldaten)	0,0083

Welche von diesen 19 so ausserordentlich verschiedenen
Sterbenswahrscheinlichkeiten darf man nun als Basis für die
jährliche Kriegsprämie anwenden? Die Abweichung derselben
ist so gross, und die Factoren, welche die Resultate hervor-
gebracht haben, ihrer Natur nach so verschieden, dass die
Anwendung des arithmetischen Mittels hier eine ganz nutz-
lose Operation sein würde.

Jede Versicherungs-Anstalt muss in der Weise einge-
richtet sein, dass sie unter naturgemässen, ja selbst unter

ausserordentlichen Abweichungen von der rechnungsmässigen Sterblichkeit im Stande ist, ihrer eingegangenen Verpflichtung nachzukommen. Dieses ist eine unabweisbare Anforderung. Eine Bank, die ihre Prämienberechnung auf die geringste unter den angeführten Sterbenswahrscheinlichkeiten basirte, würde gewiss unter den nicht Sachverständigen eine rege Betheiligung finden, aber von den besser Unterrichteten gar kein Vertrauen verdienen. Die grössere Sterbenswahrscheinlichkeit, z. B. 0,103, würde, nach meiner Ansicht, für ein solides und sicheres Geschäft zu empfehlen sein; aber, selbst mit Prämienrückvergütung aus dem eventuellen Ueberschuss der Bank, wäre es den meisten Officieren, geschweige Landwehrmännern unmöglich, auf eine solche Versicherung eingehen zu können.

DRITTES CAPITEL.

PRAKTISCHE SCHWIERIGKEITEN DER LEBENSVERSICHERUNG AUF DEN TODESFALL IM KRIEGE.

Die Lebensversicherung auf den Todesfall im Kriege bietet nicht allein theoretische, sondern auch praktische Schwierigkeiten dar, die vom Standpunkte des gewöhnlichen Lebensversicherungsbetriebes als unüberwindliche Hindernisse erscheinen.

Wenn von Militairversicherung die Rede ist, wird gewöhnlich vorausgesetzt, dass jeder Combattant als solcher aufnahmefähig sei. Die gewöhnliche Lebensversicherung stellt aber, insofern sie solid betrieben wird, an den Aufnahmesuchenden Forderungen, denen nicht jeder Combattant im Stande ist, zu genügen. In sofern diese sich auf Stand und Beschäftigung beziehen, ist es selbstverständlich, dass sie in dem vorliegenden Fall keine Anwendung finden. Dagegen kann von denjenigen Forderungen, welche an die Gesundheit und die Lebensart des Antragstellers gestellt werden, nicht abgesehen werden.

Was den Gesundheitszustand anbetrifft, so beurtheilen die Lebensversicherungsbanken von vorn herein den Versicherungscandidaten von einem ganz anderen Standpunkt aus, als die Militairärzte den Officiersaspiranten oder den

Soldaten bei der Aushebung. Sehr viele junge Männer, welche von den Militairärzten als dienstfähig erachtet werden, finden bei den soliden Lebensversicherungsbanken keine Aufnahme, oder sie werden nur gegen eine erhöhte Prämie angenommen. Der Militairarzt nimmt den Mann, wie er gegenwärtig ist; der Versicherungsarzt schätzt ihn dagegen nach den in seiner Familie herrschenden Anlagen und Dispositionen, nach der Todeskrankheit der Eltern und Geschwister, nach den von ihm selbst durchgemachten Krankheiten, nach seinem Habitus, Mediciniren, Gewohnheiten, Lebensart u. s. w. Dieser bedeutende Unterschied ist in dem ganz verschiedenen Zweck der Untersuchung begründet. Der Staat hat bei der ärztlichen Untersuchung einer Militairperson einen ganz anderen Zweck und ein ganz anderes Interesse, als die Lebensversicherungsbank, wenn sie ihn, wegen einer beantragten Versicherung, von ihrem Vertrauensarzt untersuchen lässt. Wird der Officier nach kurzer oder längerer Zeit kränkelnd, so entlässt ihn der Staat und giebt ihm die normirte Pension, welche um so früher aufhört, als er stirbt. Als Versicherter aber, ist der Eintritt der Krankheit der Vorläufer des Todes, nach welchem die Bank die stipulirte Versicherungssumme zu zahlen hat, die um so viel mehr verlustbringend ist, als er bald stirbt.

Unter allen Krankheitsformen sind die respirationsorganischen (Phthisis, Pneumonia, Tuberculose u. s. w.) die weit gefährlichsten für die Lebensversicherung, da erfahrungsmässig etwa 25 Procent aller Todesfälle aus denselben hervorgehen. Der Keim und die Disposition zu dieser Art Krankheiten sind bei vielen Menschen vorhanden, ohne dass sie sich das Vorhandensein derselben bewusst sind oder dass solche bei der militair-ärztlichen Untersuchung erkannt werden. Erst dann, wenn jener Keim zur Thätigkeit geweckt ist, kommen die Symptome der Krankheit zum Vorschein. Bei denjenigen welche ein ruhiges und regelmässiges Leben führen und kräftige Nahrung bei mässiger Arbeit gewöhnt sind, tritt die Entwickelung erst in späten Jahren ein; dagegen wird sie früh zur Thätigkeit geweckt bei solchen Individuen, welche unregelmässig leben oder der Anstrengung und Erkältung ausgesetzt sind. Das Kriegsleben mit seinen Strapazen jeder Art, mit seiner Unregelmässigkeit im Schlafen, Essen und Trinken, mit seinen vielen Erkältungen und Aufregungen ist gerade dazu geeignet, um jenen Keim, wo er vorhanden ist, zur Thätigkeit zu wecken und schnell die Krisis herbeizuführen.

Es sind ausserdem verschiedene Krankheiten, wie z. B. Morbus Brightii, an welchen viele Menschen leiden, ohne es selbst zu wissen, die aber unbedingt von der gewöhnlichen Lebensversicherung ausschliessen, während sie aber, wenigstens in dem ersten Stadium, nicht undienstfähig machen.

Was die Lebensart anbetrifft, so ist eine nüchterne und mässige conditio sine qua non, um bei der gewöhnlichen Lebensversicherung Aufnahme zu finden. Nun werden bei dem Militair zwar nicht eifrige Verehrer des Bacchus geduldet, aber es giebt in diesem ehrenvollen Stande, wie in jedem anderen, Personen, welche extravagant leben, ohne eigentlich den äusseren Anstand zu verletzen oder den Dienst zu vernachlässigen. Und das unregelmässige Kriegsleben giebt denselben eine ganz besondere Gelegenheit, die Extravaganz zu steigern. Solche Personen finden ebenfalls schwerlich Aufnahme in den soliden Lebensversicherungsbanken.

Es ist selbstverständlich, dass die natürliche Sterblichkeit der Combattanten nicht durch den Krieg suspendirt wird. Während eines einjährigen Krieges kann, bei Berücksichtigung des Durchschnittalters der Combattanten, die unter ihnen eintretende natürliche Sterblichkeit zu 1 Procent festgestellt werden. Eine Armee, wie die preussische im deutschen

Kriege 1866, also in einer Stärke von 363,109 Mann, würde demnach schon in einem Kriegsjahre 3631 Mann durch den natürlichen Tod verlieren. Welcher Arzt würde wohl im Stande sein, in allen Fällen zu entscheiden, ob der. Tod zu dieser Categorie oder zu derjenigen, welche die durch den Krieg verursachten Todesfälle umfasst, und worauf das übernommene Risico lediglich Bezug hat, zu rechnen sei?

Die juristische Seite bietet noch grössere Schwierigkeiten, als die medicinische dar. Wenn der Tod durch den Krieg das Vertragsobject sein soll, so ist es selbstverständlich, dass der Tod aus irgend welchen anderen Ursachen von vornherein ausgeschlossen ist. Die gewöhnliche Lebensversicherung schliesst vertragsmässig den Tod durch Duell, Richterspruch, Selbstmord, und durch muthwillige, gefahrvolle Handlungen aus.

Die zwei ersteren Fälle bieten bei der Lebensversicherung auf den Todesfall im Kriege keine Schwierigkeiten dar. Anders ist es aber mit den zwei letzteren. Es ist statistisch nachgewiesen, dass die Selbstmordfälle bei dem Militair verhältnissmässig häufiger vorkommen, als bei der Civilbevölkerung, ja selbst während des Krieges sind derartige Fälle in der Armee nicht selten. Wo ein solcher Fall constatirt werden kann, liegt es in der Natur der Sache, dass die Police nicht honorirt wird. Die Constatirung ist aber unter den Kriegsverhältnissen meistentheils rein unmöglich. Dasselbe gilt bei den sonstigen Unglücksfällen mit tödtlichem Ausgang. Ob ein Combattant durch die eigene oder durch Feindeskugel todtgeschossen wurde, ob er mit Willen oder durch Unfall bei dem Uebergange eines Flusses ertrunken ist, — dieses wird in den meisten Fällen nicht zu entscheiden sein. Um keine Ungerechtigkeit zu thun, muss die Bank die respective Police zahlen.

Aber die allergrösste Schwierigkeit entsteht durch die beträchtliche Zahl von „Vermissten", welche in allen Kriegs-Verlustlisten eine besondere Columne bilden. Bei der gewöhnlichen Lebensversicherung kommt wohl dann und wann der Fall vor, dass ein Versicherter „verschollen" ist; in den Kriegs-Verlustlisten aber ist die Zahl der Vermissten häufig weit grösser, als die der constatirten Todten. Es ist allerdings wahr, dass die Zahl nach einiger Zeit sich geringer stellt, als sofort nach dem Kriege bei Aufstellung der ersten Verlustlisten. Aber eine beträchtliche Zahl Vermisster verbleibt als solche. Zwei Jahre nach dem deutschen Kriege 1866 führt z. B. die betreffende competente Militairbehörde die Zahl der Vermissten der bayerischen Armee in jenem Krieg mit 25 Officieren und 1579 Soldaten auf!*) Da die Lebensversicherungsbanken vertragsmässig nur die Versicherungssumme zu zahlen haben, wenn der Tod des Versicherten ihnen nachgewiesen wird, was aber bei den Verschollenen entweder gar nicht oder nur indirekt geschehen kann, so können sie in der Regel nicht gerichtlich zur Zahlung solcher Policen herangezogen werden; sie suchen gewöhnlich auf gütlichem Wege die Empfangsberechtigten der fraglichen Summen zu befriedigen. Welche Lebensversicherungsbank würde aber für den Fall, dass man ihr Hunderte von Policen „vermisster" Versicherter zur Zahlung präsentirte, ohne irgend welchen Beweis des Todes, die respective Versicherungssumme auszahlen?

Die Vermissten der Kriegs-Verlustlisten können in vier Klassen zusammengefasst werden, nämlich: 1. die an Wunden gestorbenen, noch nicht aufgefundenen Todten; 2. die

---

*) Vergl. Antheil der kgl. Bayerischen Armee am Kriege des Jahres 1866. Bearbeitet vom Generalquartiermeister-Stabe. München 1868.

durch Unglücksfälle oder plötzliche Krankheiten gestorbenen, aber noch nicht constatirten Todten; 3. die in Gefangenschaft gerathenen, noch lebenden Combattanten; 4. Deserteure. Sowohl die der ersten und zweiten, als auch die der dritten Klasse werden grösstentheils nachher entdeckt; dagegen kommen die zur vierten Klasse gehörigen Individuen aus leicht erklärlichen Gründen nicht wieder zum Vorschein. Könnte man wohl den gewöhnlichen Lebensversicherungsbanken zumuthen, die Policen solcher Versicherten zu zahlen?

Dem Schwindel ist hier, wie bei den Selbstmorden und bei tödtlichen Unglücksfällen aller Art im Kriege ein sehr grosser Spielraum gelassen. Und in den meisten Fällen ist die Sachlage der Art, dass die Banken von erfolgversprechenden Recherchen, wie sonst im gewöhnlichen Leben, ganz abgeschnitten sind.

Aus den angeführten erörterten Schwierigkeiten geht demnach deutlich und schlagend hervor, dass die Lebensversicherung auf den Todesfall im Kriege einen von der gewöhnlichen Lebensversicherung sehr verschiedenen Charakter hat, und dass es eine vollständige Verkennung des Princips sowohl als auch der Praxis dieser letzteren ist, wenn man ohne weiteres verlangt, dass dieselbe ihre Thätigkeit auf die Kriegsversicherung ausdehnen soll. Man könnte in der That mit demselben Recht von ihr verlangen, dass sie gemeinschaftlich Feuer-, See-, Hagel- oder Creditversicherung betreiben sollte.

Es muss ferner einleuchtend sein, dass solche Lebensversicherungsbanken, welche das Risico der Kriegsversicherung nur als einfaches Erhöhen des gewöhnlichen Lebensversicherungsrisicos betrachten, gerade so wie sonst die erhöhte Gefahr irgend eines Geschäfts im friedlichen, bürgerlichen Leben, im Irrthume befangen sind. Dies gilt ganz besonders von denjenigen Anstalten, welche das Risico der Kriegsversicherung nur für den Fall übernehmen, wenn der betreffende Combattant zugleich bei ihnen eine gewöhnliche Lebensversicherung auf sein Leben abschliesst. Man sieht nicht ein, dass, wenn auch die verlangte Kriegszuschlagsprämie das Kriegsrisico deckt, — eine Voraussetzung, welche leider nicht bei allen Anstalten zutrifft, — die ungereimte Combination der Kriegsversicherung mit der gewöhnlichen Lebensversicherung nothwendig die meisten Schwierigkeiten der ersteren auf diese letztere überführt, wodurch die für die gewöhnliche Lebensversicherung berechnete Prämie allzu niedrig wird im Verhältniss zu der erhöhten Gefahr, welche die Bank läuft.

Soll aber die Lebensversicherung auf den Todesfall im Kriege dasjenige sein, was dem vorhandenen Bedürfniss wirklich entspricht, so muss sie einen ganz anderen Standpunkt, als den der gewöhnlichen Lebensversicherung einnehmen. Sie muss erstens von den Principien und Anforderungen der vertrauensärztlichen Untersuchung gänzlich wegsehen. Bei ihr muss das Tragen der Waffe im Dienste des Königs und des Vaterlands mit dem genügenden Gesundheitszustande identisch sein. Ein jeder Krieger, welcher zugleich Familienversorger ist, muss ohne Rücksicht auf Alter, Familienantecedentien, die den militairischen Dienst nicht beeinträchtigende Lebensart und Krankheitsdispositionen unbedingt Aufnahme finden.

Da die Lebensversicherung auf den Todesfall im Kriege einen jeden Theilnehmer eo ipso als gesund betrachten muss, so folgt ferner hieraus, dass sie alle die im Kriege durch Waffen oder an Krankheiten erfolgten Todesfälle ohne ängstliches Unterscheiden als zu dem übernommenen Risico gehörend ansehen und dieselben honoriren muss.

Sie muss ferner jeden tödtlichen Unglücksfall als durch den Krieg verursacht ansehen, insofern nicht ein unwiderleglicher Beweis eines Selbstmords vorliegt.

Endlich muss sie, die drei Monate nach Beendigung des Krieges von der obersten Militairbehörde endgültig als „Vermisste" bezeichneten Versicherten als constatirte Todesfälle durch den Krieg ansehen.

Ohne einer solchen weitgehenden Liberalität würde die Kriegsversicherung in ausserordentlich vielen Fällen für die Hinterlassenen illusorisch werden. Wie niederschlagend z. B. für einen Familienversorger, welcher in den Kampf für das Vaterland geht, von den Wohlthaten der Kriegsversicherung wegen diesen oder jenen Umstand ausgeschlossen zu werden! Wie niederdrückend und beängstigend für die Familien der kämpfenden Familienversorger, wenn die Auszahlung der Versicherungssumme davon bedingt sein sollte, ob die Betreffenden auf den Verlustlisten einst als Todte oder Vermisste aufgeführt werden! Assecuranz ohne vollständige Sicherheit und Beruhigung ist ärger als gar keine.

Die mit der Lebensversicherung auf den Todesfall im Kriege nothwendig verbundene Liberalität macht selbstverständlich das Risico noch höher, als es sonst der Fall sein würde. Man kommt somit über alle jene praktischen Schwierigkeiten nicht weg, ohne dass man die Prämie nach diesem erhöhten Risico normirt. Es sammeln sich also auch alle praktischen Schwierigkeiten dieser ausserordentlichen Versicherungsart in der einen theoretischen Frage: Wie bringt man aus der hohen Sterbenswahrscheinlichkeit im Kriege eine, den Verhältnissen der Militairpersonen entsprechende, mässige Prämie heraus, ohne die Solidität des Geschäfts zu gefährden?

In dem nächsten und letzten Capitel werde ich versuchen, diese schwierige Frage zu lösen.

VIERTES CAPITEL.

THEORETISCH-PRAKTISCHE LÖSUNG DER FRAGE.

Da die Gefahr, im Kriege zu sterben, eine grosse ist, und da die Versicherung auf den Todesfall im Kriege mit ausserordentlichen praktischen Schwierigkeiten verbunden ist, so folgt daraus, dass die Vergütung für das Uebernehmen eines solchen Riscos beträchtlich sein muss. Eben in der hohen Prämie liegt die Hauptschwierigkeit dieser Versicherungsart. Die Assecuranz hat kein anderes Mittel, um Schäden vergüten zu können, als von ihren Versicherten in der Form von Prämien das zur Deckung der Schäden und der Verwaltungskosten nöthige Geld einzuziehen. Darin unterscheidet sich aber die rationelle oder technische Assecuranz von der unmittelbaren oder nichttechnischen, dass erstere die eintretenden Schäden auf viele Theilnehmer und auf kürzere oder längere Perioden gleichmässig vertheilt, oder dass Prämienleistung und Schadenersatz bei ihr zwei verschiedene Momente sind, während die letztere erst dann Prämie einzieht, wenn der Schaden bereits eingetreten ist, so dass bei ihr Prämienleistung und Schadenersatz nur ein Moment bilden. Es ist in diesem letzteren Fall einleuchtend, dass die Beiträge allemal sehr hoch sein müssen, wenn der eben eingetretene Schaden sehr gross ist. Nehmen wir z. B. eine Todtenlade mit 100 Mitgliedern, die pro rata die Todesfälle à 100 Thlr. zu zahlen haben. In einem Cholerajahre, wo 10 Mitglieder sterben, haben die 90 Ueberlebenden eine Gesammt-Prämie von 1000 Thlr. zu entrichten, mithin jeder $11{,}_{11}$ Procent der ganzen eigenen Versicherungssumme. Hätten jene 100 Mitglieder sich in einer Lebensversicherungsbank, welche das Risico auf das ganze Leben ausgleicht, versichert, dann hätten sie für das Cholerajahr eine weit mässigere Prämie zu zahlen gehabt. Die Lebensversicherung auf den Todesfall im Kriege ist bis jetzt durchgängig in der alten Todtenlademanier aufgefasst worden, d. h. man hat erst dann Prämien verlangt, wenn der Krieg mit seiner grossen Sterblichkeit bereits eingetreten war. Dadurch wurde diese Versicherungsart weiter nichts, als ein Hazardspiel. Sie war in der That nicht viel gereimter, als eine Versicherung auf den Todesfall von Typhuskranken. Um Versicherung im technischen Sinne des Wortes zu sein, muss die Lebensversicherung auf den Todesfall im Kriege nicht allein auf eine Wahrscheinlichkeit, die nämlich, binnen einem Jahre durch den Krieg zu sterben, sondern auf zwei zugleich basirt sein. Diese zweite ist die Kriegswahrscheinlichkeit. Durch Anwendung derselben wird es erst möglich sein, das Risico der Bank so wie die Prämienleistung des Versicherten auf mässige Werthe zurückzuführen.

Alle Schäden und Unfälle, gegen welche die Anstalten Versicherung leisten, sind vorübergehende Uebel, die während langen Perioden sowohl an Zahl der Wiederkehr als mit Rücksicht auf Intensität sich ziemlich gleich bleiben. Der Krieg ist ebenfalls ein solches Uebel. Nur solange wir kleinere Perioden der

Geschichte, jede für sich betrachten, scheint das Eintreten von Krieg ein unberechenbares Spiel des Schicksals zu sein; sobald wir aber das Eintreten und Nichteintreten dieses Uebels während langen Perioden und in verschiedenen Staaten verfolgen, bemerken wir, dass auch hier das Gesetz der grossen Zahlen waltet, und dass die Wahrscheinlichkeitsrechnung hier auch ihre Anwendung findet.

Aus den Erfahrungen der drei nordeuropäischen Staaten: Preussen, Schweden und Dänemark während einer Periode von 200 Jahren ergeben sich die drei folgenden Kriegswahrscheinlichkeiten:

$$\text{Schweden} \quad 0,195$$
$$\text{Preussen} \quad 0,17$$
$$\text{Dänemark} \quad 0,115$$

Auf je 6 Jahre kommt demnach in Preussen durchschnittlich etwa 1 Kriegsjahr.

Die Sterbenswahrscheinlichkeit im Kriege wird durch die Verbindung mit der Kriegswahrscheinlichkeit für den Kriegsdienstpflichtigen also auf etwa ein Sechstel des Werthes reducirt. Nehmen wir die Sterbenswahrscheinlichkeit der Franzosen auf Krim und die Kriegswahrscheinlichkeit Preussens, so haben wir

$$0,103 \times 0,17 = 0,01751$$

als das jährliche Risico. Anstatt also, dass die Bank nach der Sterbenswahrscheinlichkeit allein unter 10,000 Combattanten am Ende des ersten Kriegsjahres 1030 Anwartschaften zu zahlen hatte, stellt sich der Verlust durch Anwendung der zusammengesetzten Sterbens- und Kriegswahrscheinlichkeit unter 10,000 Combattanten am Ende eines jeden Jahres nur auf 175 Antwartschaften. Die Jahresprämie wird demnach ziemlich mässig ausfallen. Bezeichnet man die Zahl derjenigen, welche im Verlaufe eines Jahres in dem Kriege sterben, mit τ, die Zahl der Combattanten bei dem Anfange des Versicherungsjahres mit λ, und den Discontirungsfactor mit ϱ, so erhalten wir folgende Gleichung:

$$p = \frac{\tau.\varrho}{\lambda}$$

Bei einer Sterblichkeit von 0,0175 und zu 4 Procent Zinsen gerechnet würde demnach die jährliche Nettoprämie $1{,}68$ Procent der Versicherungssumme betragen. Berechnen wir die Zuschlagsprämie zu den Verwaltungskosten, zur Deckung von Grundfondzinsen und Verlusten, zu Dividenden u. s. w. zu 10 Procent, so beträgt die Bruttoprämie $1{,}85$ Procent. Die Prämie würde noch geringer ausfallen, wenn man die Wahrscheinlichkeit, dass ein Versicherter während der Versicherungszeit ausserhalb des Krieges stirbt, mit in die Rechnung zöge. Nach meiner Ansicht wäre es aber besser, den tödtlichen Abgang eines Versicherten während des Friedens als freiwilliges Austreten zu betrachten, und seinen Rechtsnachfolgern dafür eine entsprechende Reservevergütung zu gewähren. Auch würde es der Humanität gemäss sein, alle 10 Jahre ein Drittel des eventuellen Ueberschusses unter den Mitgliedern als Dividende zu vertheilen.

Eine höhere Prämie für Officiere als für Soldaten, scheint mir eben so unrichtig, wie bei der gewöhnlichen Lebensversicherung die höhere Prämie für Männer als für Frauen. Die Mortalität der Schlachten ist zwar bedeutend grösser unter den Officieren, als unter den Soldaten; aber diese Mortalität ist nicht allein entscheidend. Die Todesfälle durch Kriegskrankheiten sind allemal bedeutend höher unter den Soldaten, als unter den Officieren. Dazu kommt noch, dass die Zahl der „Vermissten" unter den letzteren unbedeutend ist, während sie bei den ersteren gewöhnlich gross ausfällt. Das Resultat der preussischen Armee im Kriege 1866 beweisst hinlänglich die Richtigkeit dieser Behauptung. Die Zahl der durch Kriegskrankheiten (Cholera u. s. w.) hinweggerafften Soldaten betrug ein halb Mal mehr, als die Zahl der durch Waffen Getödteten. Es waren unter den Soldaten über 700 endgültig Vermisste, unter den Officieren dagegen kein einziger! Die gleiche Prämie für beide Categorien scheint mir demnach geboten. Die Kriegsmortalität der Militairbeamten ist nicht statistisch nachgewiesen. Allein, es liegt in der Natur der Sache, dass die Gefahr für sie bedeutend geringer sein muss, da die Schlachtensterblichkeit sie nur ganz ausnahmsweise trifft, und da sie in Betreff der Sterblichkeit an Kriegskrankheiten mit den Officieren auf ziemlich gleichen Fuss gestellt werden dürfen. Bis die Kriegsstatistik über diese Differenz Anhaltpunkte darbietet, glaube ich, die Hälfte der Prämie für Combattanten, als dem Risico annäherungsweise entsprechend, empfehlen zu dürfen.

Um den weniger Bemittelten die Prämienleistung zu erleichtern, würden nicht allein, wie bei der gewöhnlichen Lebensversicherung, halbjährliche und vierteljährige Prämien, sondern sogar monatliche anzurathen sein; nur dass der dem Institut dadurch entstehende Verlust an Zinsen durch entsprechenden Zuschlag zu der respectiven Ratenzahlung gedeckt würde.

Im Einklange mit den hier entwickelten Ansichten ist folgender Prämientarif berechnet worden.

Tarif
für Versicherung auf den Todesfall im Kriege.
Prämien für ein Kapital von **100 Thaler**, zahlbar nach dem Tode des Versicherten.
(Nettoprämie 1,68, Zuschlag 10%, Zinsfuss 4%).

A. Combattanten.

Zahlungsweise.	Thaler.	Silbergr.	Pfennige.
Jährlich	1	25	6
Halbjährlich . . .	—	28	—
Vierteljährlich . .	—	14	1
Monatlich . . .	—	4	9

B. Militairbeamte.

Zahlungsweise.	Thaler.	Silbergr.	Pfennige.
Jährlich	—	27	9
Halbjährlich . . .	—	14	—
Vierteljährlich . .	—	7	1
Monatlich . . .	—	2	5

Was nun die Gründung einer Bank zur Versicherung auf den Todesfall im Kriege anbetrifft, so lässt sich sehr viel pro und contra diese oder jene Gesellschaftsform derselben sagen. Die meisten Stimmen werden sich gewiss für eine gegenseitige Privatgesellschaft erklären. Diese Gesellschaftsform hat gar sehr viel Verlockendes an sich; man verbindet mit diesem Begriff alle mögliche Vortheile, wie z. B. billige Prämien, billige oder gar unentgeldliche Verwaltung, hohe Dividenden u. s. w. Man übersieht gewöhnlich ganz, dass diese Vortheile erst ein Resultat langjährigen Gedeihens unter einer vorzüglichen Verwaltung sind. Man vergisst, dass es hundert Mal schwieriger ist, für eine gegenseitige Gesellschaft über die ersten kritischen Jahre glücklich hinweg zu kommen, als für eine Bank, die vom Anfange an die Kapitalien reicher Leute zur Disposition hat; man vergisst oder weiss es nicht, dass in England viele Gegenseitigkeitsbanken während einer solchen Krisis scheiterten. Was Pope von der besten Regierungsform sagt, dass diejenige die beste sei, welche am besten verwaltet wird, — dies gilt auch von den Gesellschaftsformen der Versicherungsbanken. Je schwieriger aber die Operationsbasis ist, je weniger darf die absolut gegenseitige Form in Vorschlag gebracht werden. Desswegen kann ich für ein Unternehmen, wie das gegenwärtige, sie keineswegs empfehlen. Gesetzt, der Krieg und zwar ein mehrjähriger würde gleich nach der Gründung einer Gegenseitigkeitsgesellschaft eintreten, was würde dann die Folge sein? Dass die normirte Prämie lange nicht hinreichte, um die Verbindlichkeiten zu erfüllen, dass man desswegen bedeutende Nachschusszahlungen unter den kämpfenden Mitgliedern ausschreiben müsste, zu deren Zahlung sie aber nicht im Stande wären, und dann tragicomisches Fiasco und Auflösung! — Nein, entweder müssen bemittelte Patrioten sich an die Spitze einer solchen gemischten Bank stellen, oder es muss der Staat, dessen Pflicht es ist, für die Invaliden sowohl als auch für die hilfsbedürftigen Hinterlassenen seiner gefallenen Vertheidiger zu sorgen, die Begründung eines derartigen Instituts unternehmen. Der Staat hat ja bereits ähnliche Institute in den Militairwittwencassen; um so leichter wäre es für ihn, die Thätigkeit dieser Cassen auf die Lebensversicherung auf den Todesfall im Kriege zu erweitern.

Die Grundzüge einer solchen Versicherungs-Anstalt sollen hier zum Schluss gegeben werden.

' 1. Der Staat oder vermögende Patrioten unter dem Schutze und der Oberaufsicht des Staates bilden eine Versicherungsbank für Lebensversicherung auf den Todesfall im Kriege und zwar nach der gemischten Form.

2. Zur Sicherstellung der Bank wird ein Grundfond von 1,000,000 Thlr., resp. aus Staatsmitteln oder durch Actien gebildet. Er wird aus dem Ergebniss des Geschäfts mit 4 Procent verzinst und soll nach und nach amortisirt werden.

3. Jeder zur Linie oder Landwehr gehörige Staatsbürger kann als Mitglied aufgenommen werden, und zwar ohne vorhergehende ärztliche Untersuchung.

4. Die Jahresprämie für alle dienstthuenden oder dienstpflichtigen Altersklassen wird zu $1,_{85}$ Procent der Versicherungssumme bestimmt. Derjenige Combattant aber, welcher als Mitglied aufgenommen werden will während eines Krieges oder zu einer Zeit, wo Kriegsvorbereitungen in Aussicht gestellt oder bereits vorgenommen werden, hat für das erste Jahr eine sechs Mal höhere Prämie zu zahlen; für das zweite und die folgenden Jahre, ob Kriegsjahr oder Friedensjahr, zahlt er dagegen nur die Normalprämie. Militairbeamte jeder Art werden zu der Hälfte der Normalprämie angenommen.

5. Wer drei Jahre lang Mitglied der Bank ist, hat ein gleiches Recht auf die eventuelle Dividendenvergütung.

6. Wenn Jemand über drei Jahre Mitglied der Bank ist und will austreten, stirbt im Dienst oder ausser Dienst den Friedenstod, oder durch Duell oder Selbstmord, dann vergütet die Bank demselben resp. seinem Rechtsnachfolger so viel von den entrichteten Prämien, als noch nicht durch das Risico oder die Verwaltungskosten bereits absorbirt ist.

7. Es zeichnet die Bank nicht mehr als 2000 und nicht weniger als 100 Thlr. auf ein Leben.

8. Die Bank zahlt die Police, wenn der Versicherte stirbt im Kriegsdienst a) den Schlachtentod; b) an Krankheiten oder Wunden, welche durch den Kriegsdienst veranlasst sind, gleichviel ob der Versicherte bei dem Tode entlassen ist oder nicht, wenn nur der Tod binnen drei Jahren nach dem Kriege (Friedenschluss) erfolgt; c) durch Unfall im Kriege; mit Rücksicht auf b und c dauert der Krieg von der Mobilmachung an und bis auf die endliche Rückkehr des Versicherten vom Kriegsschauplatze; ferner zahlt die Bank d) die Police eines vermissten Kriegers, wenn das Kriegsministerium ihn entgültig als vermisst erklärt. In allen anderen Fällen des Todes eines Versicherten erlischt die betreffende Versicherung, und die Bank hat ausser der oben sub 6 erwähnten Vergütung nichts zu zahlen.

9. Die ordentliche Einnahme der Bank besteht in den erhobenen Prämiengeldern, den Zinsen für ausgeliehene Kapitalien, den Austritt von nicht dreijährigen Mitgliedern, Agio u. s. w.; die ausserordentliche in Dotationen von Patrioten oder dem Kriegerstande ergebenen Kriegsherren und Staatsbürgern. — Die Ausgaben sind: Zahlungen für fällige Policen, Dividenden, Vergütungen wegen Ausscheiden, Verwaltungskosten und Zinsen für den Grundfond.

10. Die Jahres-Prämien können in halbjährlichen, vierteljährlichen und monatlichen Raten bezahlt werden, doch mit entsprechender Erhöhung für den Zinsenausfall.

11. Die Bank wird von der vom Staate designirten Behörde, respective von einem Verwaltungsrath und einem Director geleitet.

12. Das Geschäft der Bank ist öffentlich. Alljährlich werden von den Leitern derselben ein Status und Rechen-

schaftsbericht veröffentlicht, resp. an die Mitglieder vertheilt.

13. Am Ende jeder zehnjährigen Periode wird der Ueberschuss der Bank in drei gleiche Theile getheilt. Der erste
Theil wird dem Reservefond überwiesen, der zweite wird
zur Bildung eines Invaliden-Unterstützungfonds verwendet,
der dritte Theil wird unter die zur Dividende berechtigten
Mitglieder vertheilt.

14. Alle Streitigkeiten zwischen Versicherten und der
Bankverwaltung sollen vom Kriegsministerium entschieden
werden.

15. Sobald der Grundfond amortisirt worden ist und
die Reservefonds der Bank auf 1,000,000 Thaler gestiegen,
soll die Prämie ermässigt werden, je nach den gewonnenen
Erfahrungs- und Beobachtungsresultaten.

So weit der Plan. Auf Details einzugehen, ist hier
nicht am Platze.

Dass der vorliegende Plan in der That ausgeführt werden
kann, wenn nur der Staat oder patriotische Männer sich an
die Spitze stellen, davon bin ich vollständig überzeugt. Der
verheirathete Krieger stellt diese Anforderung an unsere
Zeit. Erst wenn die Seinigen versorgt sind, dann geht er
mit leichtem Herzen und ungetrübter Freude in den Tod
für Gott, König und Vaterland! Dann kann auch er mit
Wahrheit sagen: „Dulce et decorum est pro patria mori.“

INHALT.

		Seite
Vorwort		7
Erstes Capitel. Ueber die Versicherung von Militairpersonen und die Sterblichkeit im Kriege im Allgemeinen		13
Zweites Capitel. Die Sterbenswahrscheinlichkeit im Kriege		23
Drittes Capitel. Praktische Schwierigkeiten der Lebensversicherung auf den Todesfall im Kriege		35
Viertes Capitel. Theoretisch-praktische Lösung der Frage		44

Leipzig,
Druck von Müller & Wagner.

Handbuch der Lebensversicherung zu schreiben. Herr Professor Karup, in der Assecuranzwelt als Schriftsteller bekannt, hat sich diese Aufgabe gestellt und veröffentlicht die erste Abtheilung, die Geschichte der Lebensversicherung und deren Litteratur, nebst Einleitung in die Lebensversicherungs-Wissenschaft, während noch ca. 4 Lieferungen von 6—7 Bogen zu erwarten sind. So weit wir ein Urtheil über die Vorlage fällen können, hat der Herr Verfasser in diesem Theil seine Aufgabe mit Schärfe und Klarheit gelöst und findet Jedermann Gelegenheit, sich über die Entstehung der Lebensversicherung, deren weitere Entwickelung und Ausbreitung zu orientiren. Das Werk halten wir allen Lebensversicherern und anderen Assekurateuren, Juristen und Geschäftsleuten bestens empfohlen".

Die Gartenlaube: „Die neueste Schrift über diesen hochwichtigen Gegenstand (Die Lebensversicherung) von dem Professor W. Karup in Dresden erscheint soeben bei Albert Fritsch in Leipzig und sollte von jeder Gemeinde angeschafft und zur möglichst allgemeinen Belehrung öffentlich aufgelegt und erklärt werden."

Binnen Kurzem wird ausgegeben:

Handbuch der Lebensversicherung II. Theil.

DIE

MORTALITÄTSSTATISTIK

UND DIE

WAHRSCHEINLICHKEITSLEHRE

mit

besonderer Rücksicht auf Lebensversicherungswesen,

nebst den

MORTALITÄTSTAFELN.

Von **Professor W. Karup.**

7—8 Bogen gr. 8., brochirt 15 Sgr.

Die folgenden 3 Abtheilungen des Werkes verbreiten sich über die Zinseszinsenrechnung und die Prämien und Reserven der gewöhnlichen Versicherungsmodi; Begriff und Systematik aller Combinationen und Modi nebst deren praktischer Anwendung; Gesellschaftsformen, Vermögen und Fonds; Ueber Lebensversicherungsformulare und deren zweckmässigste Einrichtung; Organisation, Beamten- und Agentenwesen; Die ärztliche Untersuchung und das Auslesen der Leben; Die Thätigkeit der Direction und der Agenturen; Provisions- und Dividendensysteme; Correspondenz; Buch- und Kassenwesen der Lebensversicherung; Das Lebensversicherungsrecht; Apologie der Lebensversicherung; und zum Schluss Encyclopädisches Register zum Nachschlagen.

Leipzig, im Juni 1869.

Albert Fritsch.

Ueber das Versicherungswesen

erschienen in meinem Verlage ferner:

Saski, Th., Die volkswirthschaftliche Bedeutung des Versicherungswesens und der Nutzen der einzelnen Versicherungszweige. 2. verbesserte und vermehrte Auflage. 8. geh. 12 Ngr.

Saski, Th., Der Versicherungsfreund. Rathgeber für die, welche versichert haben oder versichern wollen. Heft I. Die Kapitalversicherung auf den Todesfall. 8. geh. mit Tabellen. $7\frac{1}{2}$ Ngr.

Jahrbuch für das Versicherungswesen. IV. Jahrgang. Herausgegeben von Th. Saski. 14 Bog. gr. 8. nebst 10 Tabellen in Folio. geh. 2 Thlr.

Saski, Th., Flugschriften über Versicherungswesen. Heft I. Das ländliche Versicherungswesen. Controverse gegen die Historisch politischen Blätter in München. kl. 8. geh. 5 Ngr.

Verlag von Albert Fritsch in Leipzig.